邂逅

Yamashita Akihiro

山下明宏句集

ふらんす堂

露けしや五百羅漢の中に坐す　大串章

目次／邂逅

句集　邂逅

嫁ぐ夜

平成七年〜十四年

紫陽花や無数の宇宙ちりばめつつ

通勤の足をとどめて菊の前

兄遺影熱燗供へて忌明かな

太鼓橋義母と渡りぬ初景色

行末を語るわが娘や合歓の花

トマトかじる口いつぱいの朝日かな

木もれ日にみどりご笑ふ爽やかに
萩の風一途に一つの道を往く

熱燗で墓を洗ひし一周忌

吾が娘嫁ぐ日近し木瓜の花

嫁ぐ夜の宴に百合の薫りけり

秋冷や食器洗ひの妻の手も

抜糸せし眼に清澄の露をみる

潮騒へ一歩一歩と青き踏む

起きがけの妻高声に君子蘭

一八や宴の後の皿洗ひ

肚決めし女社長やカンナ咲く

母と子が赤児に添ひ寝夜長かな

孫を抱くこの手の重み秋高し

みどりごを妻が洗ひて良夜かな

哭く手もて冬菊棺に閉ぢられぬ
白雪の富士の向ふに母おはす

春めきて新書小脇に喫茶室

岸壁に両足垂らし春の海

みどり児よ白木蓮の咲くを見よ

竿垂れて親子語らふ梅雨晴間

話題また愚息の未婚半夏生

鬼のまた妻にも棲みぬ豆を打つ

わらんべが目をこらしけり赤風船

涅槃雪御堂の句碑にやはらかし

ちんどん屋銀杏若葉の御堂筋

作務衣にて五月の空港飛び立てる

パン買うて香拡がる梅雨晴間

鱧づくし眼鏡の奥の笑ひをり

薬師寺の往きも帰りも稲穂風

金木犀大方丈を風渡る

秋暮るる糺の森に大鴉

山の辺の冬柿見ゆる厠かな

海色のコートにしぐる五条坂

苔の座にひんやり落ちし椿かな

カプチーノ泡の溶けこむ朧かな

海風やカンナの燃ゆる無人駅

退職の日が近づきぬ鰯雲

地下鉄を乗り継いでをり秋暑し

秋蝶と登る石階白毫寺

退職の深きお辞儀や秋の風

山廬

平成十五年〜十九年

小鳥来る煉瓦の館ミレー展

秋冷や山盧の庭に下駄置かれ

空青く小兵一顆の木守柿

時雨るるや泡の消えゆくカプチーノ

数へ日の駅舎で売れし求人誌

木の芽晴廓の道を酒蔵へ

子が出立妻と二人の春ひと日

春愁や手足伸ばして検診台

子離れの二人語らひ柏餅

新樹光頭蓋に受けて太子廟

聞き役に徹して友に麦酒注ぐ

汗滲む兄の形見の背広かな

長旅の終着駅や梅雨の駅

流木の一本一本夏果つる

オホーツク新涼の潮身にまとふ

少年の眼をして鳴ける秋の蟬

すやすやと金風受けて乳母車
父親が作務衣で駆ける運動会

秋惜しむ貨物列車の長々と
引込線銀杏落葉がしきりなる

初詣母を庇ひて太鼓橋

饒舌の母生き生きと春隣

踏切や春の列車の長かりき

青き踏む心失くさず古希に入る

木陰にて鳩動かざり梅雨に入る

手術後の眼には眩しき五月晴

石割の時空を超えて夏桜

父の日や息子吟味の酒のあり

色街や路地の片蔭たどりつつ
小流れで遊ぶわらんべ月見草

素麺を孫と囲みて生身魂

秋雨や御陵の径に潦

古希迎ふる友に熱燗注ぎをり

みちのくに長距離バス待つ寒の朝

天を衝くポプラ並木や日脚のぶ

番にて何やら燥ぐ残り鴨

右手挙げ桜を愛づる車椅子

海明の知床連峰まだ暗し

明け易し親子の鹿の草を食む

道産の太目が光る青秋刀魚

秋雨や先行く妻の傘赤き

くもの囲に括られてゐし残り萩

吹かるるほど光の溜まる吊し柿

木洩れ日に眠りしままの枯蜻蛉

小振りとて凛と味ある冬林檎

嬰の手に綿菓子持たせ初詣

裏富士の里の母より初電話

公孫樹鏃の如き冬芽伸ぶ

冬芽伸ぶ樹間に透けし保育園

街道に光りあふれし菜の花忌

微酔ひに闇より香る沈丁花

奈良町に和三盆舐め春惜しむ

天に伸ぶる曙杉や夏に入る

甘藷焼酎お国訛の県人会

神の田や代掻きの牛眼の光り

夏菊の小さき灯り巴塚

とくとくの水音涼し渓の道

青嶺飛ぶ鳶眺めゐる露天風呂

秋燭に母を招きて宴とす

気うつ妻横目にみつつ秋刀魚食ぶ

大胆に手術する医師眼の澄めり

秋晴れや嬰児の手を引き見舞来る

釣灯籠そろりと揺れぬ神の留守

落葉踏む色とりどりの石畳

骨太の握手で別る忘年会

厠にも歳月はあり暦吊る

初電車今年も始まる医者通ひ

冬凪の瀬戸内へ向けフェリー出づ

菜の花や夕陽煌めく茅渟の海

春愁や医院に残る忘れ傘

御簾上ぐる清涼殿へ花の風

白木蓮学ぶ心を新たにす

春寒し身を逆さまの胃検診

をさなご

平成二十年〜二十三年

谷底のランプの宿や星月夜

里山の紅葉をつなぐ送電線

初凪や舳先を上げて茅渟の海

網走の潮の香匂ふ賀状来る

離乳食口に含みて初笑

春近し泣くぞと見せて笑ひ顔

のどけしや目を細めたる撫ぜ仏

麗かや練習船の舵握る

戦死せる父を語らず飛花の母

夏柳水上バスの反転す

夏座敷薄き髭ある遺影かな

糟糠の妻父を語らず終戦日

新涼や自転車と乗る渡し船

初紅葉母に手を添へ坂登る

実石榴や遠く火消ゆる溶鉱炉

粉ふきし母のてづくり吊し柿

お互ひに犬を抱きて御慶かな

ランナーの夫の遺影や春炬燵

野遊びの嬰に誘はれ海に出る

春の雪母が小さく座りをり

ふんはりと手足ふくらむ朝寝かな

桜蘂白き帽子に降り止まる

みちのくの人の育てし立葵

夏草を抜けて煌めく海へ出る

首塚の苔むす文字や青蜥蜴

電線の鳩動かずに朝ぐもり

ジョギングの足ゆるめたるひつじぐさ

緑蔭を抜けて文学記念館

新涼や犬が先づ乗る渡し船

ゆつたりと艀行き交ふ鰯雲

金木犀無口になれば寄りてくる

仕事着の授業参観木の実降る

さりげなくわがままに生き母の秋

懸崖菊守衛のごとく美術館

忘年会飲めぬ男が仕切りをり

先生の卒寿の文字や賀状来る

病床の眠りし母や針供養

沈丁や往復はがき書き損ね

ふる里をまるく包んで柏餅

軽トラにみどり児眠る袋掛

行々子大河へつづく川下る

酒蔵の柱の古傷走り梅雨

万緑や万能細胞研究所

朝涼し駅舎に集ふ吹奏楽

風渡る野鳥園へと青葉潮

衣被点字に訳す哲学書

豊穣の五穀を供へ冬支度

水鳥の家族の増えし野鳥園

甘酒の湯気をいただく初詣

細胞の動き始めし冬木の芽

おしゃれして老人大学卒業す

探鳥の望遠鏡に山笑ふ

コンテナの五層に積まれ卯波くる

半夏生海遠かりし晶子の碑

白靴の恩師見送る同窓会

草いきれ大蛇のごとき運河かな

をさなごの長靴の割る栗の毬

夜の秋

平成二十四年〜二十六年

木の実降る坊主頭の旅行生

初鴨を見せんと押しぬ車椅子

秋茄子の色艶を売る朝の市

絵手紙をそっとポストへ冬帽子

ひとり身の十六年や冬林檎

数へ日や話題とぎれぬ理髪店

着ぶくれて雑踏の海泳ぎをり

退院の髭をそりをり日脚のぶ

柳の芽川のほとりの美容室

草青む若草山へ飛行機雲

下萌の丘を転がる園児かな

長身の眼科の医師や紫木蓮

七人の囀るごときランドセル

皺の手を伸ばしながむる朝寝かな

赤灯台白灯台へ卯波寄す

夏帽をとらるる恩師見送りぬ

新緑の香に包まれて牛車追ふ

海峡へ鉄扉を開く夏館

大蓮の風をみごもり揺れ始む

釣竿の大きくふられ秋近し

旧友の新著読みをり夜の秋

露草や目鼻の薄き潮仏

稲架組むや千歩を行けば畝傍山

夫彫りし能面で舞ふ冬紅葉

まろやかな言問団子旅はじめ

棒鱈や骸骨のごと並べ売る

角曲がる歩行ロボット草青む

母逝きて甲斐の連山涅槃雪

白梅へおしやれして乗る車椅子

水煙を眼下に舞へり春の鳶

車椅子入る車座花の宴

朗々と笙の音つづく練供養

青嵐コントラバスを背負ひけり

葉桜の虫食ひ穴の青き空

金魚田の小屋に置かれし小舟かな

子を知らぬ父眠る島終戦忌

練塀の剝落つづく法師蟬

花街の寄進もありし新酒樽

秋深し樹間にひそむ遠眼鏡

嫁がせし丹波篠山薬喰

願かけて飲みほしてゐる寒の水

細胞の目を覚ましたる初湯かな

公園の点字の地図や梅ふふむ

両の手をかざす裸婦像風光る

沖へ吹くトランペットや松の芯

一列に登る五月の滑り台

卯の花や看護の妻に叱られて

紫陽花や昔ここには落語寄席

雲の峰第一球はストライク

をさなごと片蔭を行く楽しさよ

新涼や豆粒ほどの招き猫

杖つきて乗る初秋の渡し船

爽涼の絵になる橋を渡りけり

リハビリは心の治療木歩の忌

爽やかな見舞ひの言葉一筆箋

明日香の風

平成二十七年〜二十九年

楽譜台たたみて秋の歌終はる

公孫樹黄金に染まる龍太句碑

短足の白鳥胸を反らしけり

異国語のとびかふ京の年の市

綿菓子をかざす迷子や初詣

ときどきは無理言ふ妻や蕗の薹

蕗の薹生まれたばかり犬五匹

銀行のロビーにひとり春の雨

山麓の精神病舎朴の花

雲の峰七階建てのクルーズ船

草刈りて大地の色を確かむる

山麓にはりつく民家秋日和

頂上の明日香の風や稲の秋

文学碑檸檬の香り漂へり

初時雨空室多きタワービル

地に沈む弥生の遺跡冬たんぽぽ

病棟の一階に座す聖樹かな

鳳凰の映る水面に寒の鯉

金閣の白壁に映ゆ冬陽炎

将軍の生母と乳母の墓朧

初蝶のチャペルの塔を上りをり

港には白き巨船や花ミモザ

春の鳶高きにありし相国寺

山鶯龍太の墓に詣でをり

偉丈夫の秀頼像へ梅雨の蝶

五月闇機音絶えし路地の奥

花柄のキャリーバッグや夏帽子
おはやうと目高の如き園児かな

一塁へ汗をとばしてすべり込み

普段着の母の遺影や鉦叩

砂利を踏む巫女の足音金木犀
正面の冬日したたる大文字

下宿屋の京の底冷なつかしき

冬すみれ姉妹で巡る美術館

すれ違ふ尼僧のあいさつあたたかし

塔頭へ郵便配達松の芯

直弼の着流しで行く夏柳

卯波寄す礁に立ちし万葉歌碑

香水の置かれし厠禅の寺

青柿やチャペルに集ふ留学生

遠来の句友も交へ川床料理

秋うらら卵の自動販売機

良夜

平成三十年〜令和二年

先生と少し酒飲む良夜かな

小春日や四肢を伸ばして亀泳ぐ

手袋をぬぎ妻を撮る紅葉寺

万両を落葉の海の囲みをり

八十路へと心新たに竜の玉

祖父母との無言の会話受験生

屛風絵の虎の眼光る春の雷

佐保姫を乗せてやりたし人力車

更衣愁ひかはらず残りけり

夏めくや赤い煉瓦の倉庫群

砂浜に玩具残され夏怒濤

爽涼や虚空を駆くるピーターパン

輿に乗る一休禅師柿日和
堺へとちんちん電車小鳥来る

富士見ゆる夫婦の墓の小春かな

寒禽の高き梢の黙長き

春時雨京に通りのあまたあり

五か国語のおみくじのあり亀の鳴く

大寺に茶室の多し利休の忌

駅前の笛吹く像や春うらら

弟の手を握る妻桐の花

博物館暗闇巡る夏帽子

父の歳超えて父の日青嵐

紡績の寄宿舎跡や四葩咲く

防人の行く播磨灘青葉潮

走り根を慕ふがごとく秋の蝶

蚯蚓鳴く段差にまろぶ齢かな

寂聴の法話を聞きぬ紅葉晴

苔の海波間に揺るる散紅葉

冬帽子二人で鹿を撫ぜてをり

野を焼けば鹿の瞳に炎立つ

あこがれと名付く帆船風光る

正座して傘寿迎ふる夏座敷

丹念に黴拭く妻の若きかな

あとがき

私が俳句に興味をいだいたのは、平成四年秋、単身赴任で長崎県の松浦市の紡績工場に勤務をしていた折、病気で入院中に妻が差し入れてくれた正岡子規の「病牀六尺」を読んだことにある。妻は、その後も、「花の大歳時記」（角川書店）や「日本の野鳥」、「日本の野草」、「日本の樹木」（山と溪谷社）を送付してくれ、自然の景観にも興味をもつようになった。

翌年、大阪勤務となり、俳句を勉強したいと通信講座で佐野美智師の添削指導を一年間受けた。その折に「言葉は易く、思いは深く」を念頭に置いて作句に励んで行けば、「俳句は生涯の伴侶となりますよ」といただいた言葉がそのまま今に引き継がれてきた。

平成七年に茂里正治氏の「海門」を紹介され入会したが、残念ながら「海門」は平成十九年六月に終刊となった。丁度、現役の勤務を終えたので、これを機会に本格的に俳句を学ぼうと茂里師と師系を同じくする「百鳥」に入会し、大串章先生の指導を受けることになり、現在に至っている。

八十路に入り句歴が三十年近くなってきたのを機として、才能の乏しいものは、乏しいなりにこれまでの轍を自分で顧みるため句集をだしたいと思うようになり今回の発刊となった。

俳句との出会いが、第二の人生を感動のあるものにしてくれたので、句集のタイトルは「邂逅」とした。

「百鳥」入会以後、ご指導を頂いた大串主宰に深く感謝するとともに、たえず、励ましてくださった原田暹さん、森賀まりさんを中心とする関西百鳥の句友の方々、そして俳句へのきっかけを作ってくれた妻に感謝したい。

序句の

露けしや五百羅漢の中に坐す

は大串主宰が二〇一七年の百鳥鍛錬会の折に彦根の天寧寺で作句されたものである。この鍛錬会では私が主宰の案内役をつとめ、彦根の吟行で主宰に同行させていただいた一期一会の機会として私の印象に残っており、主宰にお願いして序句にさせていただいた。

令和四年三月

山下明宏

著者略歴

山下明宏（やました・あきひろ）

昭和15年　　大阪市住吉区生まれ
平成６年　　佐野美智師の添削指導（通信教育）
平成７年　　「海門」入会
平成18年　　「海門」同人
平成19年　　「百鳥」入会
平成25年　　「百鳥」同人

俳人協会会員

現住所　〒559-0033　大阪市住之江区南港中5-5-36-311

句集　邂逅　かいこう
二〇二二年七月五日　初版発行
著　者――山下明宏
発行人――山岡喜美子
発行所――ふらんす堂
〒182-0002 東京都調布市仙川町一―一五―三八―二F
電　話――〇三（三三二六）九〇六一　ＦＡＸ〇三（三三二六）六九一九
ホームページ　http://furansudo.com/　E-mail　info@furansudo.com
振　替――〇〇一七〇―一―一八四一七三
装　幀――君嶋真理子
印刷所――明誠企画㈱
製本所――㈱松岳社
定　価――本体二七〇〇円＋税
ISBN978-4-7814-1471-3　C0092　¥2700E
乱丁・落丁本はお取替えいたします。